버들부인과 아들

버들부인과 아들

글·그림 유준경

홍성사.

작품을 한창 준비하고 있던 15개월 전, 하늘나라로 가신 사랑하는 엄마.

이 책을 받아 보고 가장 많이 기뻐하셨을 이갑신 여사님!

몹시도 그리운 당신께 바칩니다.

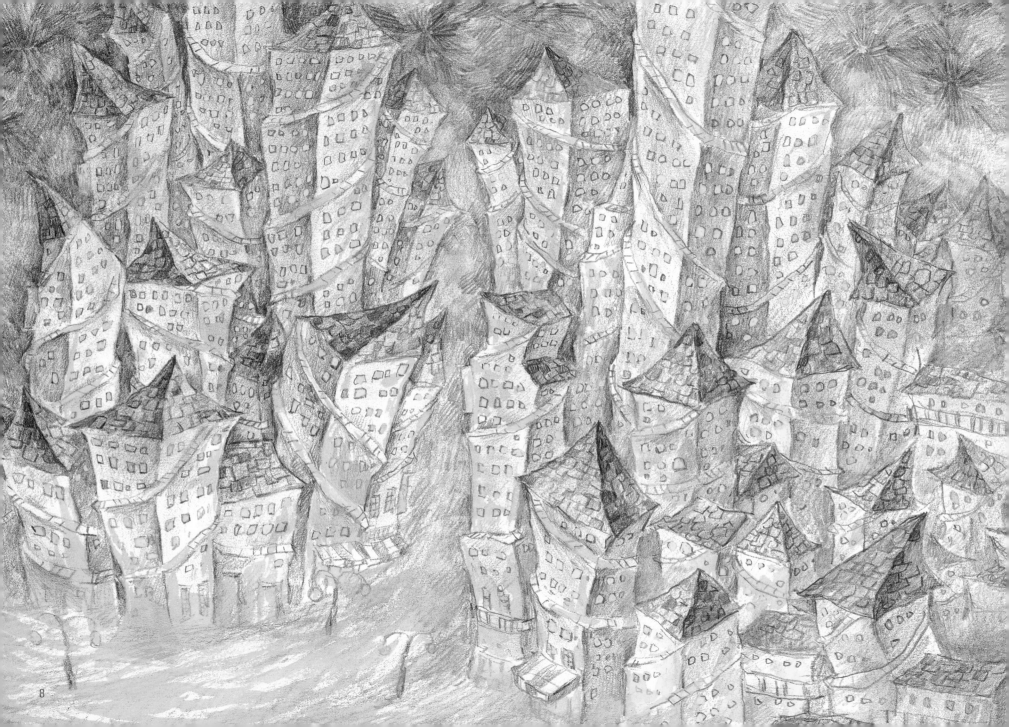

화려한 도시 너머
산비탈 위에 작은 오두막이 있습니다.

그곳에는

이 세상에서 가장 용감하고 씩씩하다는

버들부인이 살고 있었습니다.

조금 특별한 아들과 함께.

 개미 소리도 들을 수 있을 만큼
예민한 귀를 가진 버들부인의 아들은

어디를 가나 남다른 행동을 했지요.

아들은 숲 속에서 들려오는 새소리,
바람에 나부끼는 나뭇잎 소리,
졸졸 흐르는 물소리를 아주 많이 좋아했습니다.

이런 소리가 들려오면
아들은 '또 다른 세계'로 빠져들곤 했습니다.

그곳은

아들만의 세계였어요.

혹,
누군가 아들을 만지기라도 하면
그만의 세계는 산산조각 나곤 했습니다.

아들은 자신만의 세계를 잃어버린 슬픔과 분노로
괴롭게 울부짖었습니다.

온몸에 가시가 돋은 채….

버들부인은 아들의 가시를 원망했습니다.

비수처럼 꽂히는 사람들의 시선과 수군거림이 괴로워
버들부인은 외출을 피하기 시작했습니다.
하루… 이틀… 사흘… 나흘….

급기야는 문을 걸어 잠그고 오두막 안의 모든 창을 가렸습니다.
한 줄기 빛도 들어오지 못할 정도로…

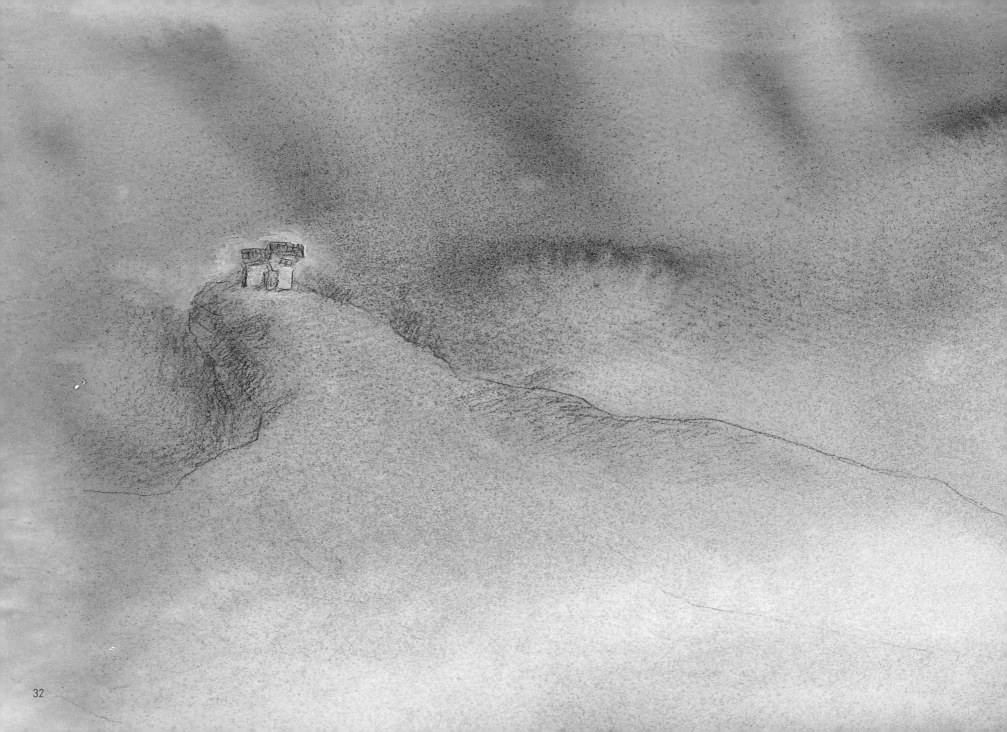

더는 바깥세상을 보고 싶지 않았습니다.

아들의 울음소리가 유난히 길게 이어지던 하루였습니다.
아들은 자기 귀에 손을 붙였다 떼기를 반복하며
온종일 귀가 찢어질 듯한 소리를 내질렀습니다.

도무지 그 이유를 알 수 없어
버들부인은 숨이 막혀 왔습니다.

참고 참았던 분노가 슬슬 치밀어 올랐습니다.
제 성질에 못 이겨 부들부들 떨던 버들부인은…

왜 그러냐고!!!"

아들을 향해 냅다 고함을 질렀습니다.

바로 그때,
누군가 거칠게 오두막 문을 두드렸습니다.

화들짝 놀란 버들부인은
가시 돋친 아들에게서 눈을 떼지 못한 채
몸을 움츠리며 문가로 다가갔습니다.

버들부인은 인기척이 사라지기를 기다렸다
슬그머니 문을 열어 보았습니다.

"끼이익."

문 밖에는 버들부인의 키만큼 자란 잡초만 무성했습니다.

버들부인은 말없이 문을 닫았습니다.
순간 등 뒤에서 아들의 울음소리가 들려왔습니다.

으…흐… 아아우 아우 아우…

그러나 울음소리만 들려올 뿐
아들의 모습이 보이지 않았습니다.

버들부인 앞에 견고한 벽이 서 있었었습니다.
손으로 힘껏 밀어 보아도, 몸을 세게 부딪쳐 보아도
벽은 꿈쩍도 하지 않았습니다.

벽 안에서 울려 퍼지는 아들의 울음소리가 절박했습니다.
숨이 끊어질 듯 울부짖는 그 처연한 절규에
버들부인의 마음은 와르르 무너졌습니다.

이윽고 허물어진 벽 앞에 가시덩굴이 나타났습니다.
그 안을 헤집자 무릎 꿇은 채 잠든 아들의 모습이 잠시 보이다 사라졌습니다.

다음 가시덩굴을 헤집자 양말을 신지 않아 상처 난 아들의 발뒤꿈치가,
그다음은 용변을 가리지 못해 범벅이 된 아들의 바지가 보였습니다.

부인은 아들의 젖은 눈을 찬찬히 들여다보았습니다.

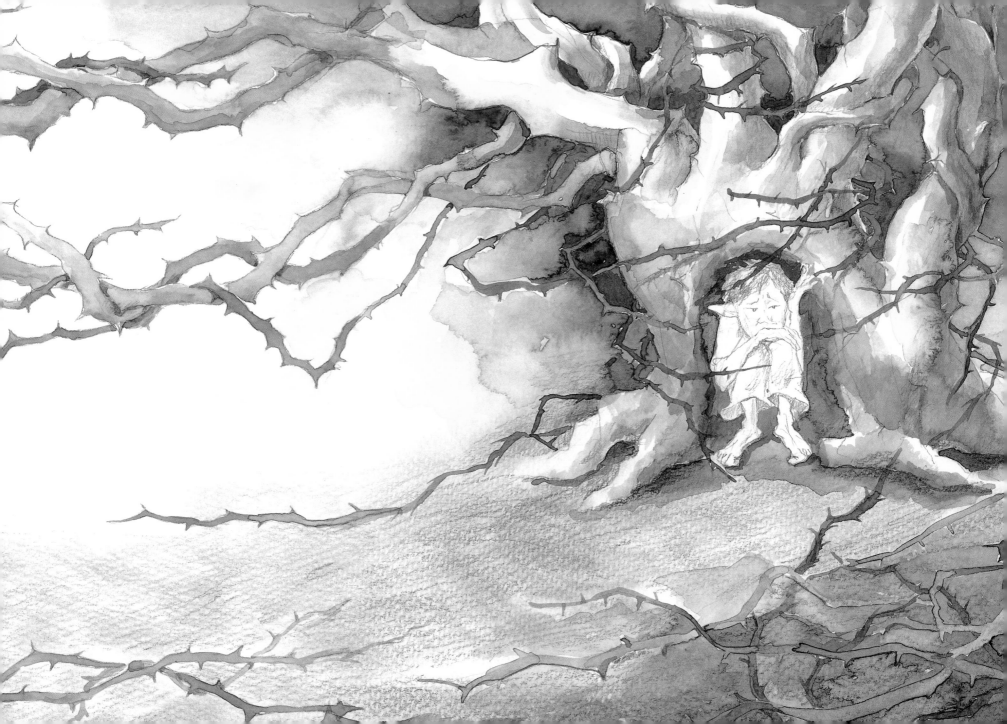

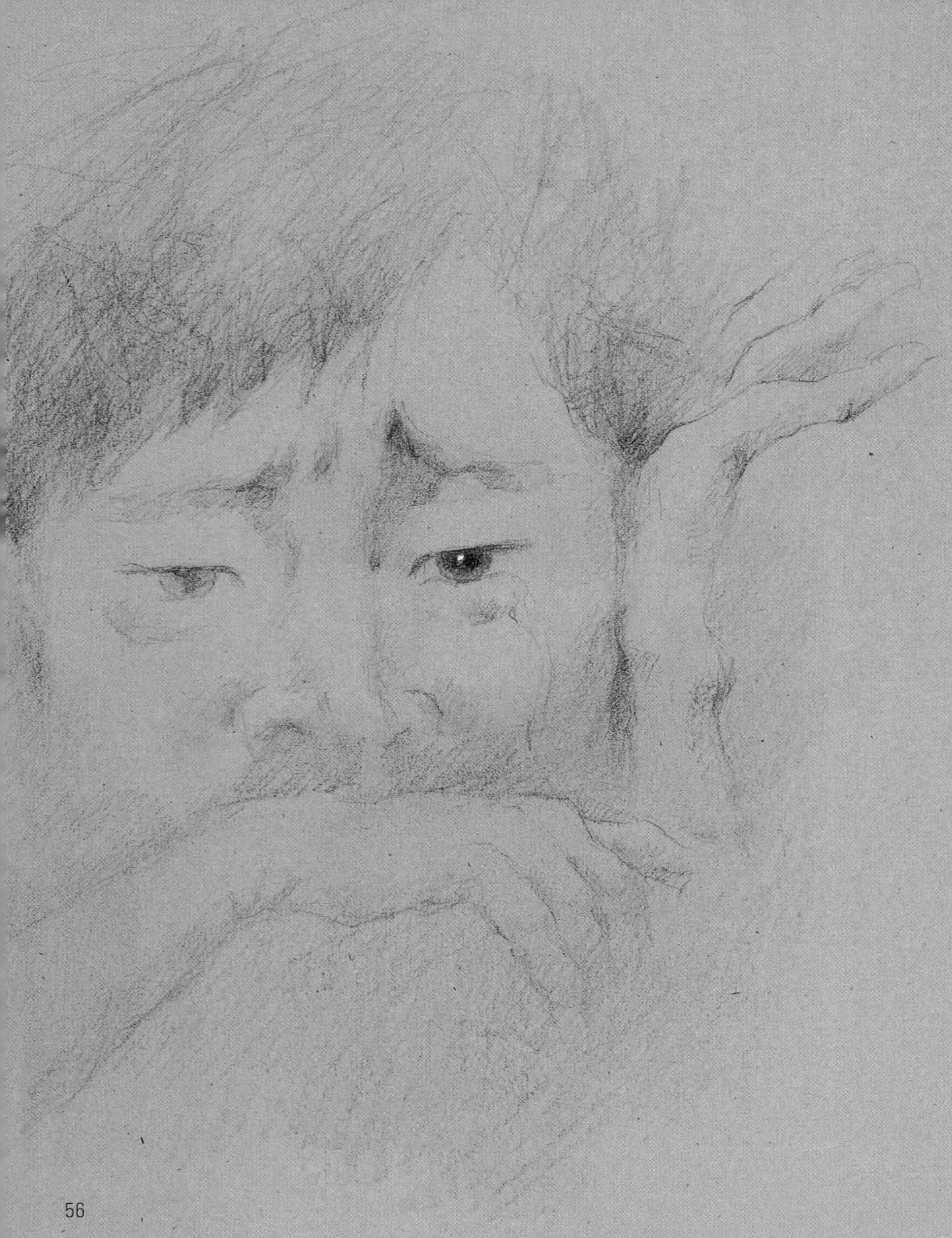

아들의 눈은 깊고 깊은 밤하늘처럼 그윽했습니다.
텅 빈 고요 속에 상처투성이 아들의 슬픔이 눈물을 타고 흘러내렸습니다.
버들부인의 귓가에 아들의 신음이 울려 퍼졌습니다.

"나도 아파요…."

‘나는 너의 가시 때문에 나만 고통스럽다고 생각했어.’

'내가 만들어 놓은 틀에 맞추어 자라기를 바랐단다.
그 방법만이 너의 가시를 가리는 유일한 길이라고 생각했으니까….'

버들부인은 아들의 가시가 불편해 언제나 거리를 두며
아들 주위를 배회하기만 했던 자신을 돌아보았습니다.

버들부인은 떨리는 마음으로
아들을 가만히 안았습니다.
기다랗고 날카로운 아들의 가시가
버들부인의 가슴속 응어리에 닿았습니다.

"미안하다, 아들아⋯."

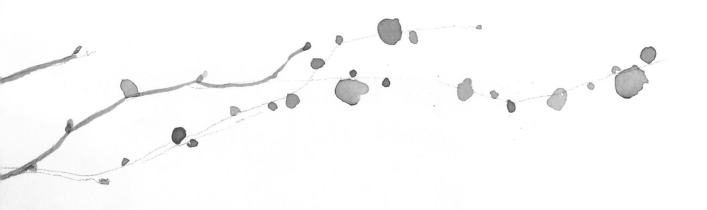

점점…
아들의 울음이 잦아들더니
몸에 돋아나 있던 가시가 점차 사라지기 시작했습니다.

진심 어린 마음만이 아들의 가시를 잠재울 수 있다는 걸
버들부인은 알게 되었습니다.

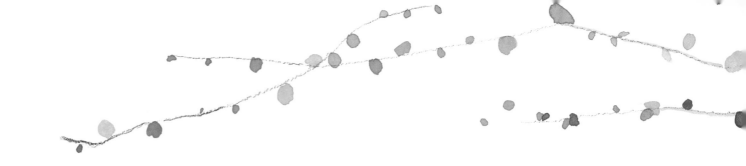

그날 이후,
버들부인은 창을 가리는 모든 것을 걷어 냈습니다.

그리고 아들의 손을 잡고
오두막 밖으로 걸어 나왔습니다.

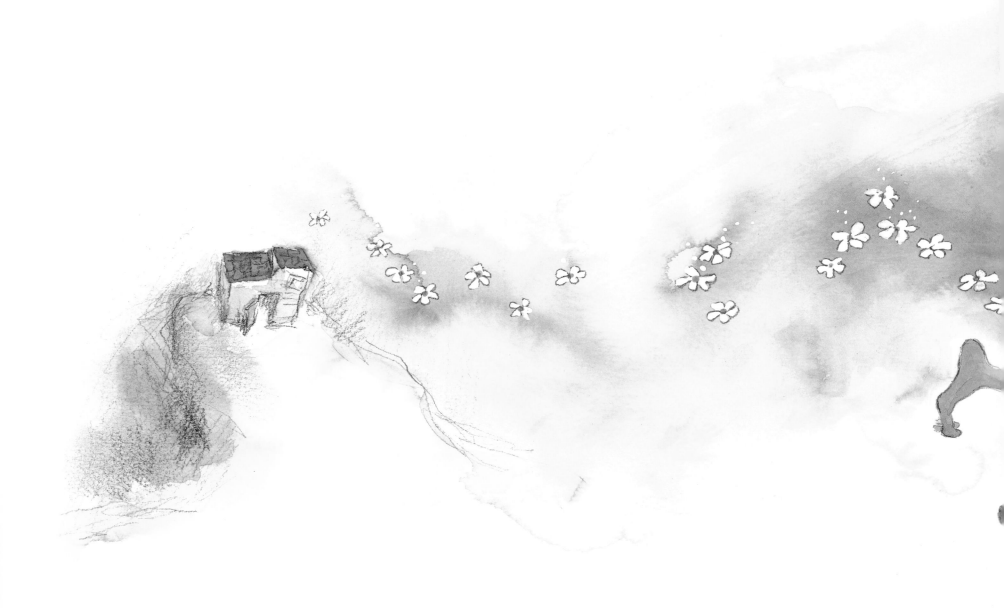

'아~ 행복해.
이대로 시간이 멈추었으면….'

버들부인의 얼굴에 미소가 번졌습니다.
아들의 얼굴에도 행복한 웃음이 피어났습니다.

아들의 웃음에
버들부인은 더욱 씩씩하고 용감해져 갔습니다.

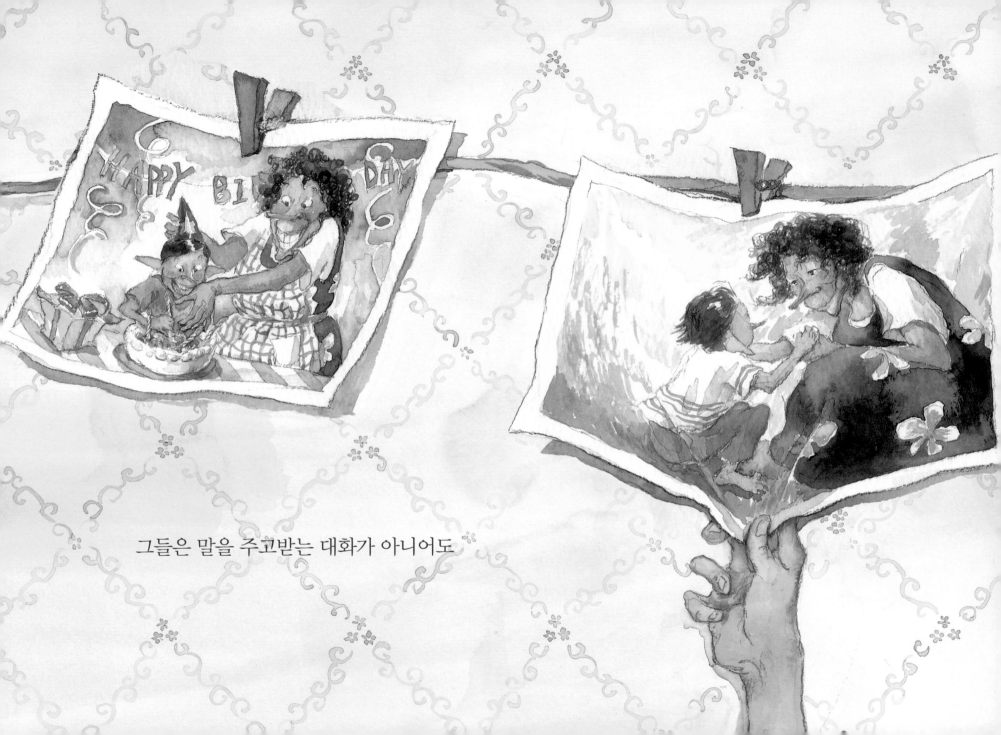

그들은 말을 주고받는 대화가 아니어도

서로의 마음을 알 수 있었습니다.

어느덧 아들은 부쩍 키가 자랐습니다.

버들부인은 아들에게
오두막 오는 방법을 가르치기 시작했습니다.

"빵집 지나 정육점,
정육점 지나 언덕,
언덕 위의 오두막."

그들은 노래하듯 흥얼거렸습니다.

세월이 흘러 아들은 청년이 되었습니다.
가끔 가시가 돋을 때면 여전히 누군가의 도움을 받아야 했지만,
오두막을 향하는 길만큼은 누구보다 잘 알고 있었습니다.

무더운 여름이 지나고
아침저녁으로 선선한 바람이 부는 계절이 왔습니다.

버들부인은 아들과 함께 숲을 찾았습니다.
바람에 나부끼는 나뭇잎 소리를 가장 좋아하는 아들은
바람을 맞으며 크게 소리 내어 웃었습니다.

어른이 되지 않을 것 같던 아들이
어느새 어른이 되어 버들부인 앞에 서 있었습니다.

숲에 다녀온 이후,
버들부인은 침대에 누워 있는 시간이 늘어 갔습니다.

스산한 겨울,
버들부인은 검고 긴 차를 타고 떠나갔습니다.

버들부인이 떠난 후
아들은 오두막을 떠나 '사랑의 집'으로 갔습니다.

아들은 이따금 버들부인의 음식과
노랫소리가 그리웠습니다.

사랑의 집 문이 열릴 때면,
아들은 다급히 고개를 돌려 보곤 했습니다.

함박눈 내리는 어느 날이었습니다.
사랑의 집 버스는 도로 한복판에 붙박여 꼼짝할 수 없었습니다.

무료한 아들은 주위를 둘러보다 어느 빵집을 발견했습니다.
아들의 시선은 금세 빵집 옆 정육점으로 옮겨 갔습니다.

한 번을 보고 두 번을 보고 또다시 보고서야
아들의 눈이 반짝 빛났습니다.

안절부절 못하며 주위를 둘러보던 아들은
때마침 화장실을 찾는 노인을 따라 버스에서 내렸습니다.

'빵집 지나 정육점….'
아들은 곧장 그 길을 따라 걸었습니다.

시리지만 상쾌한 겨울 공기가 뺨을 스쳤습니다.
굵은 눈송이가 아들의 얼굴에 달라붙었다 사르르 녹아들었습니다.

이윽고 빵집에 다다른 아들은
마른 입술을 달싹이며 두리번거렸습니다.

"빵집 지나 정육점, 정육점 지나 언덕, 언덕 위의 오두막."
어디선가 버들부인의 목소리가 들리는 것만 같았습니다.

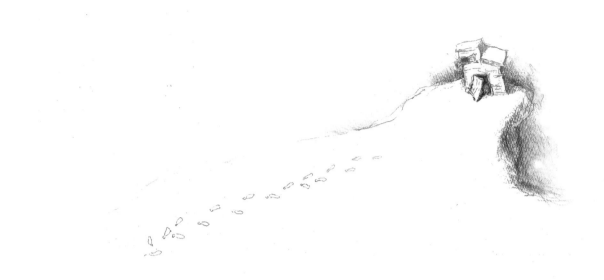

저 멀리 언덕 위에 오두막이 보이자
아들은 옅은 미소를 지었습니다.

오두막은 버들부인과 함께 살던 그때의 모습 그대로였습니다.
그 앞에는 아들을 기다리는 버들부인이 들꽃 위에 앉아 있었습니다.

"어 … 마."

얼마 만에 불러 보는 이름일까요.
아들은 코끝이 아려 두 손으로 얼굴을 마구 문질렀습니다.

들꽃 위에 앉아 있던 버들부인이
한걸음에 달려와 아들의 손을 부여잡았습니다.

따스한 바람이 불어옵니다.

새하얀 빛이 가득한 곳에
버들부인과 아들이 있습니다.

그들의 모습은 밝은 빛에 어른거리는
한 그루의 푸른 나무와 닮아 있습니다.

사랑한다… 아들아….

영원히….

작가의 말

제가 지금껏 살아오면서 저를 가장 많이 변화시킨 사람이 있습니다. 바로 아들 준구인데요. 준구는 올해로 열여섯 살, 중학교 3학년입니다. 준구는 돌 무렵 영아연축(경기를 할 때마다 뇌 손상을 입히는 병) 진단을 받았습니다. 그로 인해 준구는 지적·발달장애를 갖고 있습니다.

준구가 하루에 200~300번씩 경기를 할 무렵, 저는 둘째아이를 임신 중이었고 당시엔 준구의 경기만 멈추어도 살 것 같았습니다. 다행히 준구는 15개월 때 경기가 멈췄습니다. 준구는 서서히 발달해 다섯 살 때 걸음마를 떼었고, 초등학교 입학 후 한 학기가 지날 무렵인 여덟 살 때 기저귀를 떼었습니다.

준구가 자라날수록 아이의 장애에 대한 부담은 커져만 갔습니다. 어느 때부터인가 준구와 현관문을 나설 때면 저도 모르게 바짝 긴장하는 습관이 생겼습니다. 너무 예민해 어떤 것도 그냥 지나치지 못하는 준구는 아무 때나 소리를 지르고 저의 손등을 물었습니다. 준구의 예상치 못한 행동만으로도 벅차고 힘든 순간, 주위에서 곱지 않은 시선이 느껴질 때면 저는 서서히 위축되곤 했습니다. 그렇다고 마구 소리 지르며 떼쓰는 아이를 바라보는 사람들을 일일이 붙잡고 설명하기도 힘든 일이었습니다. 당장은 어서 아이를 데리고 그 자리를 피해야겠다는 생각이 굴뚝같았으니까요. 그렇게 집에 돌아와서는 아이를 다그치고 혼도 내며 제 분에 못 이겨 씩씩대다가도, 밤이 되어 쪼그리고 잠을 자는 아이를 바라보며 하염없이 눈물을 흘리기 일쑤였습니다.

작은 체구에 세 살 정도의 지능을 갖고 있는 아이. 먹고 싶은 반찬이 있으면 포크로 뜨기보다는 손이 먼저 나가고, 대변을 보고도 아무렇지 않게 스윽 바지를 입고 돌아다니는, 스스로 할 수 있는 일이 많지 않아서 언제나 도움의 손길이 필요한 아이. 나의 십자가 준구.

잠든 준구는 '장애'란 수식어 없이 그저 순수한 영혼 그 자체였습니다. 그런 아이

의 모습을 바라볼 때면 문득 떠오르는 생각이 있었습니다. 바로 '죽음'이었습니다. 언젠가 저 또한 하나님의 부르심을 받아 이 세상이 아닌 하늘나라로 가게 될 것을 생각하게 되었습니다. 사람이라면 피할 수 없는 일이니까요.

'내가 없으면 이 아이는 어떻게 살까?'

아이를 두고 먼저 천국에 갈 것을 생각하면 눈물이 주체할 수 없이 흘렀지만, 언제까지 울고 있을 수만은 없다고 생각했습니다. 저는 남겨질 우리 아이들을 위해 그리고 우리 아이들을 눈물로 양육하고 있는 또 다른 엄마들을 위해 제게 주신 달란트로 무언가 하고 싶다는 소망을 품게 되었습니다.

이 책은 작은 자갈입니다. 독자의 마음이 모여 작은 자갈들로 길을 내고, 또한 선함으로 협력한 마음들이 녹아 부드러운 아스팔트가 되어 자갈길 위에 덮인다면 아마도 이 연약한 생명들을 품는 길은 지금보다 더 나아지리라 기대하며 기도합니다.

이 책이 세상에 나올 수 있도록 애써 주신 홍성사에 감사드리며 항상 뒤에서 묵묵히 기도로 응원해 주신 가족, 향상교회 식구 그리고 나의 짝 이찬호 님과 사랑하는 딸 예린에게 감사드립니다. 제 상처만 핥으며 꼼짝 않던 저를 눈물로 씻기시고 일으켜 주신 하나님께 영광 돌립니다.

2016년 3월

버들부인과 아들
The Story of a Mother :
Embracing Her Child's Thorn

2016. 3. 15. 초판 1쇄 인쇄 2016. 3. 23. 초판 1쇄 발행
지은이 유준경
펴낸이 정애주
국효숙 김기민 김의연 김일영 김준표 김진원 박세정 박혜민 송승호 오민택
오형탁 윤진숙 이한별 임경혜 임승철 임진아 정성혜 조주영 차길환 한미영 허은
펴낸곳 주식회사 홍성사
등록번호 제1-449호 1977. 8. 1. **주소** (04084) 서울시 마포구 양화진4길 3 **전화** 02) 333-5161 **팩스** 02) 333-5165
홈페이지 www.hsbooks.com **이메일** hsbooks@hsbooks.com
트위터 twitter.com/hongsungsa **페이스북** facebook.com/hongsungsa **양화진책방** 02) 333-5163

ⓒ 유준경, 2016

• 잘못된 책은 바꿔 드립니다. • 책값은 뒤표지에 있습니다.
ISBN 978-89-365-1145-6 (03810)

홍성사.